JN057917

日下 れん
KUSAKA Ren

文芸社

（一）

山の中に、一匹のへびがすんでいた。

いつからすんでいるのだったか、自分でもおぼえていないくらい前から、ねそべって、うとうとしているうちに、日がのぼってしずんで、また日がのぼって朝がくる。

へびの胴体は、どこかの島にはえているという千年杉くらい太く、うねうねといくつかの山にまたがり、長くのびている。色も、古い木の肌そのものになって、どでんとよこたわっているのだ。

頭は岩のように見えて、へびだと気づかずにいろんな生き物が通りすぎていく。

へびは、たまにとぐろをまきたくなるのだが、とちゅう何かに引っかかっているのか、からだが曲がらない。

尾のさきのほうが、ときどきひんやりするのも気になる。

自分のしっぽのさきが、いったいどこまでとどいているのか、だれかに聞いてみたいと思っていた。

ある日、ぴょんぴょんと軽やかにとびはねながら、やってきたものがある。

へびの顔の前で着地したのは、ウサギだ。

ウサギなら、ちゃんと話を聞いてくれるだろう。あんなに長い耳を持っているのだから。そう、へびは考えた。

こわがらせてはいけないと、ウサギに顔を近づけ、ささやく。

「ウサギさん、ウサギさん」

耳元に、生あたたかい息を感じたウサギは振り向いた。

目の前で、大きな赤い花がひらひらおどる。

ウサギには、それがへびの舌だとすぐわかった。りくつじゃない。ハンターたちに、毎日毎日命をねらわれて生きる動物のカンだ。

しゅんかん、ウサギはすばやく、へびの前から消えた。こういうときのために、ウサギの後ろ足には強力なばねがついている。

へびは、あっけにとられていた。

ウサギさん、と言っただけで何もたずねないうちに、にげられた。あの大きな耳は何のためについているのだと、ぶつぶつ文句を言っても、聞いてくれるものがいないから、すぐにしらけた気持ちになる。

お腹がすいてきた。

そういえば、しばらく何も食べていない。

せっかく目の前に着地したウサギを、声なんかかけないで、ぱっくり食べてしまえばよかった。

へびは、ウサギの丸いふかふかしたおしりを思い出して、こうかいをした。

翌日から、何日か雨がふり続いた。そのせいか、生き物は一匹も通らない。

ようやく雨が上がった日の昼頃、ふんふんと鼻歌を歌いながら、歩いてくるものがいる。

さっき、しゅびよくウサギをしとめて、いい気分のキツネだった。

キツネは、岩に見えるのがへびだと知っていた。だけど、何回、目の前をよこぎっても、へびはいつもうとうと眠っている。

（ぼんくらへびめ）

少しからかってみる気になって、キツネは、へびの顔のまん前にてんっと座った。ふさふさしたしっぽを、パタパタと地面にうちつける。

そのときのへびはすきっ腹だった。おまけに、からだのあちこちがこそばゆく、しっぽのさきは相変わらずひやひや冷たい。

でも、せっかく自分の前に座ってくれたのだから、たずねてみようと思った。

「キツネさん。もしわかれば、教えてほしいんだが」

おどろかさないように、ていねいに言った。

「おれのしっぽのさきは、どこまでとどいているだろう」

（自分のしっぽのさきが、どうなっているかもわからないなんて、やっぱりこいつ、ぼんくらじゃん）

ちょいと首をかしげて、考えるふりをしてからキツネは、

「へびさん、ちょっと待っておくれよ。今、見てきてあげるから」

そう言って、よっこらしょっと腰を上げる。

十歩歩いて、すぐもどってきた。

「しっぽのさきは、そこの、木の根っ株にまきついているよ」

そんなはずはない。子どものころ、切り株にまきついて遊んでいたから、それならキツネに聞かなくたって、ヘビにはすぐわかるのだ。

「もう一度、よく見てくれないか。おれのしっぽのさきは、もっと遠くにのびているはずなんだ」

キツネは、

「そうかい」

めんどうそうにまた腰を上げて、とっとっとっと、へびの胴体にそって百歩ほど歩き、毛づくろいをしたりして時間をかせいだ。それからゆっくりもどり、へびの顔に近づくと、急に足を早めた。ハア、ハアと息を切らせて見せてから、いきおいこんで言った。

「たいへんだあ」

「どうかしたのかい」

「あんたのしっぽのさきは、ずっとむこうの人間の村にのびていて、村の子どもが今、火をつけた！　早くにげなきゃ」

早く、早くとせかしながら、キツネはついがまんできずに、うつむいてクスッと笑ってしまった。

へびは、そのひそかな笑い声を聞きのがさなかった。

へびのしっぽは熱くない。冷たいのだ。それでこまっている。

舌をすばやくのばして、キツネにふれる。人間の村まで走っていったのなら、からだは熱く、バクバクとあえぐ心臓の音が伝わるはずなのに、キツネの体温はあがっていない。

キツネはうそをついている。おれをからかっているのだと、へびは気づく。

へびは、目をかっと見開いた。

丸のみをしようとねらったのだが、キツネがよこっとびでにげた。

へびの口に入ったのは、キツネのしっぽ。

尾を切られたキツネはいちもくさんに走り、遠くから、

「おぼえてろ！」

にくにくしげに叫んだが、へびには聞こえない。

近くの草むらで、身をちぢめながら、その様子を見ていた小さいへびがいたことにも、大きいへびは気づいていなかった。

（二）

キツネがにげてから、一週間ほどたった日の昼下がり。

大きいへびの胸のあたりは、ずっともやもやしている。キツネのしっぽがもそもそして、胃にもたれたのもあるけれど、それだけではなくて、後味が悪かった。キツネはへびをからかった。カッとなってしまったが、うそつきだって、へびのために、二回も腰を上げて歩いてくれたじゃないか。それを、いきなり食べようとするなんて、自分は恩知らずなんじゃないかと、へびはくどくど考える。

そのとき、小さなものが、かさこそとかすかな音をたててやってきた。

何か用があるのか、まっすぐへびをめざしてくる。

大きいへびの目の前で止まったのは、小さいへびだった。からだの長さは、人間の子どもの腕くらいだろうか。大きいへびの、頭の長さにもまったく負けている。

小さいへびは、首をせいいっぱい上に伸ばして、大きいへびを見つめた。見つめられて、大きいへびはどぎまぎした。小さいへびの目に、吸い込まれるような気がしたからだ。何もうたがっていない、まっさらな目だった。

「うわあ、大きいですね」

小さいへびが言う。今、自分の目の前にでん、とあるものの大きさに、心の底から感心しているようだ。

大きいへびは、なんと返事をしたら良いのかわからない。

「へえー、すごいなあ。しっぽのさきが見えませんよ。すごい。すごいなあ」

大きいへびは苦笑いだ。

感心されると気分はいいが、こう「すごい」をれんぱつされると、自分が大安売りされているような気持ちになってしまう。

大きいへびが、キツネのしっぽをぱくりとやったあの日、小さいへびは、良い天気にうきうきした気分になって、いつもより遠くまで散歩をした。そろそろ帰ろうともどりかけたとき、キツネの鼻歌が聞こえてきた。
キツネは苦手だ。おそろしい。
キツネは、おなかがいっぱいのときでもたちがわるい。小さいへびのしっぽを、
前足のするどい爪で押さえて、
「ほうらほら。かみついちゃうぞー」
耳までさけるほど大きな口をあけて、おどすのだ。
ぜったいに会いたくないと思っているのに、出くわしてしまった。
小さいへびはあわてて、近くの草むらにもぐりこんだ。
キツネが立ち止まって、岩の前に座り込み、「へびさん」と話しかけている。
あの大きな岩が、へび?
そのあとキツネは、大きなへびにしっぽをちぎられて、にげていった。
キツネを、ひとかみでやっつけてしまうなんて、なんて強いへびなんだろう。
にげていくキツネのほうに、首をもたげていた岩みたいなへびは、
「ふー」

と、深いため息をはいて、そろそろ首をもどすと、目を閉じた。

ため息は、まわりに土ぼこりをおこし、小さいへびがからだをかくしている草むらも、風が吹いたときのように、さわさわとそよいだ。大きいへびは、そんなことはまったく気にしていないようで、それきり動かなくなった。

まるで、本当の岩になってしまったみたいだ。

まわりには、ひんやりとさびしげな空気がただよっている。

岩みたいなへびは、さっきキツネにたのみごとをしているようだった。

キツネがにげてしまったから、あの大きいへびは、こまっていることがあるのじゃないかと、小さいへびは気になった。

小さいへびは、すみかにしている木の空(うろ)（空洞）で、何日も考えた。

こんなに小さい自分でも、何か役立つことがあるかもしれない。役に立てて、大きなへびのまわりのひんやりとした空気が、ちょっとでもあたたかくなったらうれしい。

思い切って声をかけてみよう。

もし、

「余計なお世話だ」

ってことわられたら、あっさりひきさがってくればいい。

ようやく心を決めて、今日、出かけてきたのだ。


小さいへびの、そんな一大決心など、まったく気づいていない大きいへびだったが、ふと、この小さなやつに、話してみようかと思いついた。ウサギとキツネにたのんで、失敗してしまった。でも、もう一度だけ、やってみよう。

大きいへびから、自分のしっぽのさきが見えないと聞かされて、小さいへびはおどろいた。思わず首を伸ばし、振り返って自分のしっぽをながめた。まばらにはえた草の間に、自分のしっぽが、パタパタ動いている。

首をもどし、大きいへびの顔をもう一度見る。

しっぽのさきが見えないなんて。とっても気分がおちつかないことだろう。おまけにからだがひやひや冷たくて、その冷たい場所を自分でたしかめられないで、ずっとすごしていて……。それは、どんなにすっきりしないことだろう。

大きいへびの、気分の悪さをとりのぞいてあげたいと強く思った。

小さいへびは、

「ぼくが、へびさんのしっぽのさきっぽを、見てきます」

そう言ったのだが、大きいへびは小さいへびをまじまじ見つめて、とても無理だろうと思ってしまった。

しっぽは、山の向こうまで伸びているような気がする。

たった今、たのんだのは自分だけれど、この小さなからだじゃ、そんな遠くまで行くことなどできそうもない。軽はずみに声をかけてしまったことを、大きいへびはくやんだが、小さいへびはそんなことには気づかずに、

「じゃ、いってきまーす」

軽い調子で言って、さっさと進み始める。

もう、いまさら止められないとさとった大きいへびは、

「よろしくたのむよ」

と、声をかけて見送った。

小さいへびは、

「よろしくたのむよ」

背中からかけられたそのことばを、何度もくり返しつぶやいてみた。

今まで、そんなふうにたのまれごとをしたことはない。たよりにされたこともない。

まわりから、「お前なんか役立たず」「そんなにチビじゃ、何にもできないね」

そう言われ続けて暮らしてきた。だから小さいへびは、みんなのじゃまにならないように、ひっそりと、仲間からも、できるだけはなれるようにしてきたのだ。

あんなに大きくてりっぱなへびに、たよりにされて、たのまれたんだ。

そう思うと、胸が、あたたかい気持ちでみたされる。そして、早くさきっぽを見つけなきゃ、と気がせいた。

（三）

小さいへびは、腹のうろこをせわしなく動かして、前へ前へと進む。

もう何回か、日がしずみ、またのぼるのを見た。

大きいへびのところを出てから、何日たったのだろう。

迷わないように、大きいへびの胴体にそって、遠くまで来た。でも、あまり進んでいない気もして不安になる。

山の中は、背が低い草だって、みんな、小さいへびよりのっぽなのだ。ほんのちょっとよそ見をしただけで、胴体が消えてしまって、あともどりして胴体をさがすはめになる。もっとも、自分のからだが見えすぎてもこまるのだ。タカや、トンビにねらわれてしまうから。

出発してからずっと、背中にだれかの視線を感じていた。気になって、ときどき振り向いてみるけれど、何もいない。

ただ一度だけ、大きいへびの胴体を見失いそうになって、急に向きを変えたとき、背が高い草のかげに、チラッと動くものが見えたことがあった。動きといっしょに、かすかに生き物のにおいがただよった。

キツネかもしれない。

さっき動いたものには、しっぽがなかったような気がする。

とても不気味で、小さいへびは、必死にからだをくねらせて先を急いだ。

木がまばらになり、いつの間にか小高い丘の上にいた。目をこらすと、かやぶきの屋根が丘の下に点々と見える。人間の村だ。

山の中で人間に出くわし、あわててやぶに、にげ込んだことはあるけれど、自分から人間の村に近づくのは初めてだった。

大きいへびの胴体は、村のぐるりをめぐる丘や低い山に沿って、先にのびている。行く手に、ふもとまで続くまばらな林がありその中に胴体が入っていっている。

小さいへびはその胴体をめざして、そろそろくだって行く。

そのとき、

「あ、へびだー」

つつそでの着物にわらぞうりの子どもたちが、どこからかわらわらわいて出て、あっという間に小さいへびを取り囲んだ。へびだ、へびだ、と口々に言って、しっぽをつかもうとする。へびはあわてたが、まわりは短い草ばかりで、身をかくす場所はどこにもなかった。

一人の子どもが、木の枝をひろってきて、

「やい、やい」

と、へびをうちすえる。

「こらーっ」

ものすごい大声が、頭の上からふってきて、小さいへびは身がちぢんだ。自分がどなられたのかと思った。

「がきども、何してる」

どなりながら、野良着（のらぎ）の村人が、かまを持って走ってきた。その村人につられ

るように、通りがかったおとなが集まってきた。みんな、かまを持っている。たんぼや畑に行く途中なのだろう。子どもたちは、おとなにどなられて、すくんでしまっている。

村人の一人が、子どもたちの足元をのぞきこんで、ぎょっとしたように言った。

「こりゃあ……たいへんじゃ」

なんだどうしたと、ほかのおとなものぞきこむ。

「白へびさまじゃ」

「白へびさまに、わるさしちょるのか。ばちあたりども」

枝をふり上げていた子が、ぽかりとげんこつをくらった。

小さいへびは、自分が白へびなのを今まで知らなかった。

人間にとって、白いへびはたいへんえんぎの良いものだから、大事にしなきゃだめだと、おとなたちが、悪がきたちに説教をしている。

村の西のはじに『白へび神社』があって、その神様に守られているから、「この村は毎年豊作なんじゃ」と言うのだ。

自分は、神様にされているのかと、おどろいてしまう。

「白へびさま、かんにんしてくだされよ」

「子どものしたことですから、村にたたらんよう、おねげえします」

口々にわびを言いながら、手を合わせておがむ村人たちに見送られ、白いへびはヨロヨロとその場をはなれた。

ひどい目にあった。それにしても、へびは何もしていないのにたたいたり、おがんだり、人間のやることはよくわからない。

途中、おけで水を運ぶ女の人や、たんぼで稲をたばねる年寄りたちを、何人も見かけた。年寄りたちは皆、腰が曲がっている。その曲がった腰を無理矢理のばして、とんとんと腰をたたく。そしてすぐ、かがみこんだ姿勢にもどって、刈った稲をたばねる。たばねた稲は、さっきの悪がきたちと同じくらいの歳に見える子どもたちが、せっせとどこかに運んでいく。

白いへびは、きびきび働く人間の動きに見とれた。

さっき、よくわからないと思ったばかりだけど、人間は、働き者だということはよくわかる。

それでも油断はできない。白へびがえんぎのよいものだ、というのを知らないおとなだって、いるかもしれないのだから。

村の中にいたときは、背中からの視線はなかった。他のことに気をとられていて、気にならなかったのかもしれない。

村のはずれにたどり着いたころに、また、だれかに見つめられていると感じるようになった。

地面が少しだけ盛り上がり、小さい森になっている場所へ向かって、大きいへびの胴体はまだまだ続いている。

いままでまっすぐだった胴体が、ほんの少しぷっくりしているように見えるから、ここは大きいへびのお腹のあたりにちがいない。これでようやく、半分進んだことになる。

日がかげってきて、太めの木のかげにまわりこんだ胴体を、いっしゅん見失いそうになり、あわてて歩みを早めた。

太めの木をまわりこむと、思ってもみなかったものが、とつぜん目の前にあらわれた。白いへびは頭をもたげたままのかっこうで、口をあんぐり開けた。

遠まきにした木たちから、こもれ日のおこぼれをちょうだいして、社（やしろ）（神社）がひっそりたっている。白いへびからみるとじゅうぶんに大きい社だが、人間からみると小さめだろう。

白いへびがおどろいたのは、社に、大きいへびの胴体が、しっかりとむすびつけられていたからだ。

社の床は高く、床下を胴体が通り抜けている。その胴体が、四方からなわでしばられているのだ。近くに寄って目をこらしてみると、それはふつうの荒なわではなくて、とても太いしめなわだった。社を支える柱四本に、むすびつけられている。

社を見上げると、軒下にもしめなわが張られていた。こちらはすごく細い。なわにはさまれた白い紙が何枚か、わずかな風に合図をしているみたいに、ひらひら動いている。ぼんやりとしか見えないが、開かれた格子戸の奥には、お酒がまつられているようだ。

社の正面に、へびの絵がかいてあった。

村人が、『白へび神社』と言っていたのはここなのか。

大きいへびの胴体が、森の中にでんところがっているのを、ご神木（しんぼく）とかんちがいして、やれありがたやとばかりに社をたてたのだろう。

生きているへびと、大木の区別もつかないなんて。それに、こんなに長い木があるわけがないのに。たどってみれば枝の先や、根っこがないのはすぐわかるだろう。それとも、目の前だけを見て、ありがたいと思ってしまうものなのだろうか。

人間の考えることは、やっぱりよくわからない。

これじゃあ、ねがえりもできない。と、白いへびは、つくづく大きいへびが気の毒になった。

とつぜん、
ぐわわぁ～ん

頭に何かがはげしくぶつかってきて、白いへびは気を失った。


生あたたかい息を感じて、白いへびは目を開けた。

目の前に赤い目がせまっていた。舌が、白いへびの顔をなめまわしている。

白いへびは思わず後ろにとびのいて、自分も舌をチロチロのばして、相手をさぐろうとした。小さくシャーッという声が出た。いつも、にげるばかりで、そんな声を出したことがなかったから、自分でもおどろいた。

「あら、あんた、そんな声出るんだ。いっちょう前に」

のぞきこんでいた相手も、へびだった。しゃべりかたを聞くと、めすへびだ。

自分よりずっと大きいが、同じような白へびだ。そうとわかると、親しくなりたい気持ちがわきあがる。

思わずからだが前に出る。

ジャーッ
めすへびは、いきなり口をぐわっと開いて、目よりももっと赤い舌を、白いへびに届きそうに飛び出させてきた。

「ふんっ。なれなれしく寄るんじゃないよ」

バカにしたように斜めに見下ろす相手の目が、キツネを思い出させる。

小さいへびが返事をできないでいるのを見て、めすへびは落ち着いたのか、大きく開けた口をもとにもどした。

「おちびさん。なわばりあらしはやめとくれ。白へび神社の主は、あたしなんだからね。今度このへんウロチョロしたら、しょうちしないよ」

ぺらぺらと一気にしゃべると、チラッと社の屋根を見上げ、つけ足すように言った。

「頭突きくらいじゃすまないよ」

すごまれて、頭がこんがらかる。

このへびは「白へび神社の主」らしい。

さっきの、ぐわわぁ〜んは、社の屋根から、めすへびが、自分をねらって飛びおりたのだ。なわばりを荒らしにきたと、かんちがいされている。

小さいへびは、悲しい気持ちになった。

自分はただ、大きいへびさんの、しっぽのさきっぽをたしかめるために、この村を通っているだけなのに。白へび神社なんて、どこにあるかも知らなかったのに。なわばりなんて、ほしいと思っていないのに。

上目づかいにめすへびを見ると、くどくど何かをしゃべり続けていて、こちらの言い分なんか聞いてくれそうにない。

めすへびが、

「さっさと行っちまいな」

と、どなった。

人間の考えることはわからないと思ったが、へびの考えることもわからなくなってきた。

帰りにもまた、この神社の前を通らなきゃいけない、と気づいて、小さいへびの胸は、たいこのばちで打ちつけられたように、ドックンドックン鳴った。

めすへびは、小さいへびのうしろ姿を、にらみつけるように目で追っている。

姿が見えなくなると、

「あんた、これでいいんだろ」

社を振り返って、めすへびが声をかけた。

「ああ、うまくやったな」

社のうらにある木のかげから、にゅっと長い鼻すじがあらわれた。黄色味がかった茶色の毛並み。とがった耳。

しっぽのないキツネだ。

「ふん、あんなちびのくせして、なわばりをのっとろうなんて、とんでもないわ。この主さまを、なめるんじゃないっていうの」

めすへびは、じまん話をするように悪態をついた。

「ああ、あんたはたいしたもんだよ」

てきとうにあいづちをうちながら、

（うまくやってくれたから、食べないでみのがしてやるか。主さんよ、きょうは、いのちびろいしたな）

キツネは、めすへびをながめて、にんまりとした。

しっぽをかじった大きいへびへ仕返しをするかわりに、弱くて小さいへびをねらうことにしたキツネ。キツネは、小さい白へびは大きいへびの子分だと、勝手に思い込んでいる。


社から、にげるように立ち去っていくらもたたないうちに、日が暮れた。暗くても進むことはできるけれど、今日一日いろんなことがあって、くたびれていて、どこかで一休みしたかった。

そう思っていたところ、森を抜けきる手前に、ちょうどよい草かげを見つけた。

そこは、細い木や茎の固そうな草がびっしり生えていて、根の下側に空がでていた。他の動物のにおいがしないことをたしかめて、もぐりこむ。

外側から見るより、中はずっと広くて、ゆったりと丸まることができた。入り口は、土から飛び出した木や草の根がぶらさがり、柵のようになっているから、大きな動物は入れないだろう。

これで安心、と思ったとたん、白いへびは深い眠りの世界に吸い込まれていった。

（四）

空（うろ）で丸まったまま、白いへびは目をさました。

ぐっすり眠れて、さわやかな気分に満たされて、すぐにまた動き出せるはずだった。それなのに、からだのあちこちがむずむずして、目の前にかすみがかかったようで、世界がすべてうすぼんやりになっている。

こんな感じ、今までも何回か経験がある。

（脱皮だ）

脱皮する日が近づくとこうなる。

白いへびの頭の上で、パシンッ、パシンッ、と、草たちが打たれるような音が伝わってきた。雨が降ってきたらしい。

それから数日間、雨は、強くなったり弱くなったりしながら降り続いた。

空（うろ）はまわりより一段高いところにあったから、水びたしにならずにすんだ。

郵便はがき

料金受取人払郵便

新宿局承認

2525

差出有効期間
2025年3月
31日まで
（切手不要）

160-8791

141

東京都新宿区新宿1－10－1

(株)文芸社

愛読者カード係 行

ふりがな お名前		明治 大正 昭和 平成 年生 歳
ふりがな ご住所	□□□-□□□□	性別 男・女
お電話 番 号	（書籍ご注文の際に必要です）	ご職業
E-mail		
ご購読雑誌（複数可）		ご購読新聞 新聞

最近読んでおもしろかった本や今後、とりあげてほしいテーマをお教えください。

ご自分の研究成果や経験、お考え等を出版してみたいというお気持ちはありますか。

ある　ない　内容・テーマ（　　　　　　　　　　　）

現在完成した作品をお持ちですか。

ある　ない　ジャンル・原稿量（　　　　　　　　　　　）

書　名			
お買上 書　店	都道　　　市区 府県　　　郡	書店名 ご購入日	書店 年　　月　　日

本書をどこでお知りになりましたか?
1.書店店頭　2.知人にすすめられて　3.インターネット(サイト名　　　　　　　)
4.DMハガキ　5.広告、記事を見て(新聞、雑誌名　　　　　　　)

上の質問に関連して、ご購入の決め手となったのは?
1.タイトル　2.著者　3.内容　4.カバーデザイン　5.帯
その他ご自由にお書きください。
(　　　　　　　　　　　　　　　　　　　　　　　　　　　　　　　)

本書についてのご意見、ご感想をお聞かせください。
①内容について

②カバー、タイトル、帯について

弊社Webサイトからもご意見、ご感想をお寄せいただけます。

ご協力ありがとうございました。
※お寄せいただいたご意見、ご感想は新聞広告等で匿名にて使わせていただくことがあります。
※お客様の個人情報は、小社からの連絡のみに使用します。社外に提供することは一切ありません。

■書籍のご注文は、お近くの書店または、ブックサービス(0120-29-9625)、セブンネットショッピング(http://7net.omni7.jp/)にお申し込み下さい。

脱皮が終わって空からはい出したところに、雨上がりのしっとりとした空気を通して、日差しがやわらかく、白いへびのからだを照らした。

新品の皮はつやつやとして、力がわいてくる。

白いへびは、また、大きいへびの尾のさきをめざした。

(あと、半分。あと、半分)

それが自分へのかけ声だ。

お腹がすいたら、バッタや小さなカエルを食べる。

自分はこうやって、自分より小さなものを食べて生きている。だったら、ぼくは、他の動物にねらわれても文句は言えないのかなあ。

そんなことを考えたりもしたけど、やっぱり、タカやトンビのえさにはなりたくない。

低い山を二つ越えただろうか。そのころになると、大きいへびの胴体はだんだんひらべったく変わってきた。

そろそろ、さきっぽに近づいている気がする。

自分へのかけ声も変わった。

（もうすこし。もうすこし）


水のにおいがする。しかも、大量の水だ。ゴウゴウという音がどんどん近くなる。何の音だろう、と首をひねりながら、うっそうとしたやぶをくぐりぬける。とたん、目の前にだだっ広い、石ころだらけの場所があらわれた。

白いへびは、目を見はった。

人間の男たちがたくさんいて、手押し車に石をのせたり、なわを輪にして肩にかけて、いそがしそうに働いている。たった今通り抜けてきたやぶの中とは、まったくの別世界がひろがっていた。

何をしているのだろうと気になって、白いへびは、大きな石のかげにかくれながら、広い場所をよこぎった。音がいっそう近くなる。

まばらになった石のかわりみたいに、申し訳ていどに草が生えているところまで、無事たどりつく。

音の正体をたしかめようと、草の間からおそるおそる首をのばす。

目の下は川だった。

きのう、上流にある山に大雨が降って、川下にあふれ出すように流れ込んできた。橋がこわれてはまずいと、近くの村から男たちがくりだして、朝から肩肌脱ぎで働いているところだったのだ。

白いへびは、川を知っている。ここへ来るとちゅうでも、浅い川をいくつかこえた。渡るには少し深いかな、というところでは、川にかかる丸木橋を通った。人間は落ちないのだろうか、と、心配になるくらい細い橋もあった。

でも、こんなに大きな音をたてる川は、見たことがない。どんな橋がかかっているのかなあ、と思って首を上げてみた。

なんと、大きいへびの胴体が、橋になっていた。

平たくなっているへびの腹を下に向け、少し丸まった背中側を、材木をかついだ男たちが、器用にひょいひょいと渡っていく。

川の渡り始めの所で、へびのからだの両側に、太いくいがたてられていて、へびの胴体が、がんじょうな綱で結ばれていた。

出発してからずっと、白いへびは、大きいへびの胴体を横に見ながら進んできた。

たまに心細くなって、ピンクの舌をのばして胴体にふれ、大きいへびの温かみをたしかめてみたくなったこともある。

でも、そんなことをしたら、大きいへびさんはくすぐったいだろう。

そう考えてがまんした。

胴体の近くによると、その肌にふれなくても、「よろしくたのむよ」と言った、大きいへびの声が聞こえるような気がした。

その声にはげまされて、ようやくここまでたどりついたのだ。

それなのに、橋になってしまっているなんて。

川の向こう岸では、男たちが大声をかけあいながら作業を始めている。

白いへびは、しばらくあぜんとしてそのようすを見ていたが、へびの橋を渡ってみようと決めた。橋の向こう側には、大きいへびのしっぽがあるはずなのだから。

運の良いことに、男たちは全員渡りきったところだったらしく、作業をするのに夢中で、白いへびはだれにも見つからず、渡ることができたのだった。

大きいへびの胴体は、向こう岸でも、両側の太いくいに綱で結ばれていた。でも、しっぽが見当たらない。

男たちは、大水でかたむいてしまったくいを打ち直し、くずれそうになっている土手に、石をつめた麻袋を積み上げた。

「さー、こんどぉー、橋のさきっぽ、あげるぞー」

てきぱきと指示をとばしていたまとめ役らしい男が、皆をはげますように声をはりあげた。

「いよいよ、やるか」

「あと、ひとふんばりじゃ」

「おー」

あちこちからいっせいに声が上がり、すぐ数人でくいにひもを結びつけ、命綱

にして川にもぐりはじめた。肩には、輪にした太いなわをかついでいる。

「おっしゃ、おっしゃ」

川岸でのぞき込む者たちのかけ声とともに、川の中にもぐった男たちの腕で、何かが少しずつ押し上げられてきた。

大きいへびの、しっぽだ。

川の中の男たちが、しっぽに、輪にしたなわを通そうとする。しっぽがはねる。男たちは、川の中にたたきおとされる。

白いへびは、はらはらして見ていた。

何度も何度もちょうせんして、ようやく三本の輪がしっぽをくぐった。

川の中の男たちが、輪につながるなわの先を、岸に投げ上げる。川の中から、へびの腹側を押し上げ、岸の男たちは

「おっしゃ、おっしゃ」

いっそう盛大にかけ声を合わせながら、太いなわを引く。

大きいへびのしっぽが、一気に岸へ引き上げられた。

男たちはしばらく、その場にへたり込んでいたが、

「これで安心じゃ」

「前から気になっとったが、きんの（きのう）の雨で、流されんでよかったの」

「ああ、よかった、よかった」

口々に言って、肩をたたき合ったりしながら、喜んでいる。

いつの間にあらわれたのか、身なりの良い年取った男が、

「ごくろうさんじゃった」

と言いながら、

「ふるまいじゃ」

供のものに、酒をついで回らせ始めた。

一刻くらいで、皆が帰り始めた。

十数人の男たちのうち、半分ほどがへびの橋を、うれしそうに、はずむような足どりで渡って行った。残りは渡らずに、何度か振り返って、自分たちが引き上げたしっぽが、まちがいなくでんと伸びているのを見届け、安心した風にうなず

いて去っていった。ふだん橋を使う、二つの村から集まってきていたのだろう。

大きいへびのしっぽは、いつからか川の中にたれていて、だからひんやりしていたのだと白いへびにはわかったけれど、でも、くいにしばられて、動けないなんて。とちゅうでは社にしばられていたし、大きいへびが気の毒でたまらない。

でも、白いへびの力では、このがんじょうに結ばれた綱をはずすことはできない。

さっき帰っていった男たちの、安心した、はずむ足取りを思い出す。

このへびの橋がなかったら、村の人たちはどうなるだろう。川を渡れないで、こっちの岸とあっちの岸の人たちは、二度とおしゃべりができない。肩をたたき合うこともできない。

白いへびは、大きいへびのしっぽをじっとながめた。近寄って、舌で、そっとふれてみる。ひんやりとした感触が、心地よく伝わってくる。

（よし）

心を決めると白いへびは、大きいへびの橋を渡ってもどった。

「しっぽのさきを見てきてほしい」

　そうたのまれた。

　少しでも早く、しっぽのことを知らせてあげるんだ。知らせて、大きいへびからまた何かたのまれたら、そのことをやってあげればいい。しっぽのさきっぽのことがわかって、どうするかは、大きいへびが決めることで、白いへびが勝手に決めてはいけない気がした。

（今度たのまれることも、ぼくができることだったらいいな）

　そう思いながら、白いへびは先を急ぐ。

　急ぎながらふと、思う。

　人間はあのしっぽを見ているのに、へびの橋だって気づかないのだろうか。いくら木の皮とかん違いしてしまうような見かけでも、よく見ればうろこだってわかるだろう。白いへびが渡ったときだって、ざらざらした木のささくれなんかとは、まったくちがう感じだった。ひやりとはしていても、とくべつなきめのこまかさがあった。それは自分と同じ、生きているものの息づかいとして、お腹からたしかに伝わってきた。

すっきりしない気持ちのまま進んでいくうち、人間は、気づいている、と思った。気づいているけど気づかないふりをしているんじゃないかな。

だって、大きいへびは、橋になっているのだから。橋がなかったら、人間はとてもこまるのだから。

そのうち、気づいていてもいなくても、どちらでもかまわないと思えてきた。

（五）

しっぽのさきに行き着くまで、二か月以上もかかったのだから、もどるのだって同じだけかかる。だけど、一刻でも早く、しっぽのさきっぽがどうなっていたか知らせたかった。

白いへびは寝るのも惜しく、食べる時間ももったいなくて、休まずからだを動かし続けた。

『白へび神社』の近くまで来ると、さすがに進み方がのろくなってしまった。

あのらんぼうな、神社の主の白へびに見つかったらどうしよう。頭突きだけではすまないかもしれない。そう思うと、身がすくんだ。

白いへびは、大きいへびの胴体からはなれ、こんもりと木々が生い茂る山の中に入っていった。

やっぱり大きいへびの胴体をはなれるんじゃなかったと、白いへびはこうかいしていた。

ちょっとよそ見をしていたら、やぶにつっこんでしまい、そこが運悪く、野いばらのしげみだった。からだのあちこちがとげにひっかかり、身動きが取れない。おまけに、いきなり脱皮が始まってしまったのだ。

いきなりではなかったのかもしれない。

よく思い返してみると、脱皮の前ぶれはいろいろあった。からだの調子が変だったのだ。それを、早くもどりたい気持ちがいっぱいで、疲れたせい、とかお腹が空いたせい、とかにしていたのだ。

とげにひっかかって、皮がなかなか脱げない。

いつもより時間がかかったけれど、なんとか脱皮が終わった。

古い皮にとげがくっついてくれて、うまく、野いばらのしげみを抜け出せた。

しげみがとぎれたあたりは、細いひょろひょろした木がまばらに生えているばかりで、そこだけ、枝や葉にじゃまされずに、空が開いて、日だまりになっている。

息苦しさが消えて、まわりのあたたかい空気を、胸いっぱいすうことができた。皮だけじゃなく、心まで生まれ変われたようなすがすがしい気持ちになって、前へ進もうとしたときだ。

後ろで、ザワリ、と音がした。

相手がとびかかるのより、白いへびが振り向くほうが、ほんのいっしゅん早かった。素早くからだをずらしたので、白いへびのからだがあったところへ、黄色味がかった茶色のかたまりが、頭から突っ込んだ。

すぐに起き上がり、くやしそうに顔をゆがめて向き直ったのは、キツネだった。しっぽのないキツネ。

キツネは、白いへびが帰ってくるとは思っていなかった。タカやイタチのえじきになっているだろうと、ほくそえんでいた。

それなのに、やぶのそばを通りかかってみると、ひとまわりたくましくなった白へびが、野いばらのとげとかくとうしている。

なんてことだ。無事にもどってこられては、腹の虫がおさまらない。

しっぽがないせいで、ほかのキツネに笑われる。バランスが悪くてえものをにがす。夜は寒い。と、さんざんだ。

何度か、大きいへびを、こっそりのぞきに行ってみた。

あいかわらず眠ってばかりいる。

だけど、物音をたてると目をさますし、腹を空かしているときにうっかり通ったら、しっぽだけではすまない。この間も、テンが丸のみされたのを見てしまい、ぞっとした。あのぶっとい胴体には全く歯がたたないし、仕返しなんてできそうもないのだ。

キツネは、白いへびの脱皮が終わるのを、待つことにした。しげみのかげで、ずっと見張っていて、身も心もゆったりとしているところをねらった。

キツネは、後ろ足で立ち上がり、目をつり上げてキバをむいた。白い腹をむきだして、両手を振り上げている姿は、キツネを、実際の大きさよりもずっと巨大に見せた。

ギシャーッ
のどの奥からしぼりだすような、不気味な声だ。頭突き白へびとは、くらべものにならないほどおそろしい。

シャーッと、白いへびも必死で声を出してみたが、キツネの耳にも届かないくらい、かぼそいものになってしまった。

キツネのからだが、いきなり宙へとんだ。キバが、白いへびの首をねらっている。

金しばりのからだを、必死で地面から引きはがし、白いへびはからだをくねらせる。わずかにキバがそれた。白いへびののどに、血のすじが一本ついた。

それからは無我夢中だった。

息つくひまもなく、キバで、爪で、キツネはおそいかかってくる。脱皮したばかりのつややかなうろこが、はがれ落とされていく。白いへびはまたたく間に赤くそまる。はってにげるすきはない。右に左に、からだをくねらせて身をかわすのが、せいいっぱいだった。

キツネが馬乗りになって、爪を胸に食い込ませ、のどをめがけてキバをむきだしにしてきたとき、白いへびはかんねんした。もうろうとした頭で、

――しっぽのさきっぽのこと、知らせることができなくてごめんなさい。

と、大きいへびにあやまっていた。

そのとき、急にからだが軽くなった。

おおいかぶさっていたキツネが消えた。

バサッとつばさのようなものにあおられ、白いへびは吹き飛ばされ気を失ってしまった。

目をさましたとき、そばに鳥の羽が一本落ちていた。タカの羽のようだ。おそるおそるまわりをうかがったが、タカもキツネもいない。

キツネが馬乗りになっていなかったら、自分がタカにおそわれていた。運が良かったと、手放しで喜ぶ気持ちになれないのはなぜなのか、白いへびは答えを出せない。

血のせいで、赤いへびになってしまった白いへびは、大きいへびが待つ場所をめざす。

動くたびに、キツネにつけられた傷がうずく。からだのあちこちで、いっせいにうめき声があがる。

(あとちょっと。あとちょっと)

そう自分をはげましながら、ヨロヨロと、それでもほんの少しずつ、前へ前へと進んでいった。

（六）

いつもの場所で、大きいへびは目をさました。

このごろ、しっぽのさきがひやひやするのがおさまって、いっそうよく眠ってしまう。

「じゃ、いってきまーす」と気軽に言って、引き止めるひまもなく、はって行ってしまった小さいへびがいたなと、ふと思い出す。

はじめのころは、きょうもどるか、あしたは来るかと、重い首をもたげて、去っていった方角をのぞいてみたりした。心待ち半分、心配半分だった。あんなに小さいのに、どこまで行きつけるものだろうか。とちゅう、どこかの山のキツネか、イタチにでもやられてしまうのではないか。

そのうち、待っている自分が、バカに思えてきた。

ひょいひょいうけ負ったふりをして、おれの目の届かないところまで行ったら、約束なんてすっかり忘れて、どこかへ遊びに行ったに違いない。悪いやつではなさそうだったが、安うけあいしすぎだ。

そのとき、小さな生き物の気配を感じた。かさこそと、落ち葉をこすりながらゆっくりと近づいてくる。かすかだが、血のにおいをいっしょに運んできている。

大きいへびは身がまえた。

かすかな音の持ち主が、大きいへびの顔の近くまで来て、パタリ、とさらにかすかな音をたてて倒れた。

大きいへびがあわてて、舌を長く伸ばしてたしかめる。

「おまえは」

次の言葉が続かない。

さっき思い出したばかりの、小さいへびではないか。出発したときより、一回りほど大きくなった気もするが、大きいへびから見れば、とても小さいことにはかわりがない。

のぞきこむ大きいへびに気づいて、力なく、ようやく聞き取れるくらいの声で、小さいへびが言った。

「ああ、大きいへびさん。ただいま」

ただいまなんて、言っている場合じゃないだろうと、大きいへびはあせった。

小さいへびの息が止まってしまったのではないかと、さらに顔を近づけると、
スースーと寝息が聞こえてきた。

（なんてのんきなやつだ）

あきれながら大きいへびは、舌を動かして落ち葉を、小さいへびのからだにかけてやったのだ。


白いへびがもどってから何日かたつと、赤いところが茶色のかさぶたに変わり、その下にうすいひふがあらわれた。舌の色と同じ、ピンク色のへびになってきた。

もどってきた日は口を開くこともできなくて、次の日に、しっぽのさきがどうなっていたかを、知らせることができた。

「うん、うん」

とうなずきながら聞き終わった大きいへびは、白いへびに言った。

「人間たちは、おれの橋を喜んでいたんだな」

「はい、とっても」

「そうか」

そう言ったきり、大きいへびは二度と、しっぽのさきのことを話題にしない。

とぐろをまけないままの大きいへびが気の毒で、白いへびは、大きいへびの前ではとぐろをまく、とは言わないことに決めた。

「じゃあ、ぼく、丸まりまーす」

大きいへびは、

「勝手にしろ」

そう言いながら、ときどき長い舌で、ひりひりする白いへびの肌をなめてくれる。

しっぽのさきっぽを探しに行ったときに出会った、いろんなことを、まだまだ全部は話していない。

話そうとしても、大きいへびはすぐ眠ってしまう。白いへびも眠くなる。

もうすぐ冬が来るらしい。

冬眠が終わって春になったら、ゆっくり話せばいいやと白いへびは、大きいへびのあごの下にからだを丸めて寄りそい、うとうとし始めた。

著者プロフィール

日下 れん（くさか れん）

「児童文学創作教室」受講をきっかけに作品を書き始める。日本児童文学者協会会員、児童文学同人誌「ルビの会」所属。生まれ育った北海道で、二男、8キロの大きな猫との3人暮らし。

しっぽのさきっぽ

2024年6月15日　初版第1刷発行

著　者　日下 れん
発行者　瓜谷 綱延
発行所　株式会社文芸社
　〒160-0022　東京都新宿区新宿1－10－1
　電話　03-5369-3060（代表）
　　　　03-5369-2299（販売）

印刷所　株式会社フクイン

ISBN978-4-286-25266-7